Über den Autor

Stefanie Mitzke hatte schon immer einen Hang zum Verfassen von kurzen Geschichten, die das Leben ein bisschen auf die Schippe nehmen. Dieses Buch ist der erste Versuch, ein paar davon gesammelt in einem Werk zu veröffentlichen.

Und plötzlich war ich ich.

Aus dem Leben einer Neureisenden

Stefanie Mitzke

Disclaimer

Registerhaltig gesetzt aus der Linux Libertine
Vorlage: »La La Libertine«, *A5Libertine_v1.0.0*

Printed in Germany

Verlag: epubli
Cover: Stefanie Mitzke, New York
Layout: Johann-Christian Hanke & Stefanie Mitzke

Widmung

Gewidmet allen, die ich im Laufe dieses chaotischen Jahres getroffen habe und die mir bewusst oder unbewusst halfen, zurück zu mir selbst zu finden.

Inhaltsverzeichnis

*Dieses Buch befasst sich mit
einem Jahr mitten aus meinem
Leben - aber nicht irgendein Jahr,
sondern das Jahr, in dem ich mich
entschieden habe, mich nach fast
10 Jahren Beziehung zu trennen
und neu anzufangen.
Dies ist kein Klagebuch, vielmehr
eine humoristische Erzählung des
verrücktesten Jahres in meinem
Leben. Viel Spaß beim Lesen!
Stefanie Mitzke*

Am Ende wird doch alles gut!

Zunächst zu einer gigantotastischen Woche im HQ in der ich meinen Arbeitsbereich unserem CEO, in seiner Rolle als Interims-CMO, und dem Marketing Management präsentieren musste/durfte/habe. Übrigens kurzfristig 24 Stunden früher als geplant, was bedeutete, dass die Präsentation die ich vorbereiten wollte, im unfertigen Zustand genügen musste. Es waren 0 – in Worten null – Slides, ungelogen!

Stattdessen bin ich – wahrscheinlich wie ein verrückter Professor – zwischen meinen Kalkulationssheets und Händler-Präsentationen hin- und hergesprungen, hab‘ bei jedem Stichwort eine andere Datei geöffnet und wurde gelegentlich mit den Worten "Well this is really great but too sophisticated for us. It's enough when you know how to use it." oder so ähnlich ausgebremst. *g*

Scheinbar kam die improvisierte Leistung nicht sooo schlecht an, denn als ich den Raum wieder verließ, war sowohl mein Arbeitsbereich, als auch meine Verantwortung größer, als als ich ihn betreten hatte. Ich bilde mir auch ein, dass unser CEO mein Kalkulationssheet in seiner kurz darauffolgenden Rede an die gesamte Belegschaft mit den Worten "Es bringt nichts, wenn wir z.B. ein Händlerprognose-Modell entwickeln und dann keiner davon weiß und es keiner nutzt" erwähnt hat. Ich weiß, Einbildung ist auch ‚ne Bildung. Naja, zurück zum Thema, hm... ich glaube ich reise in Zukunft mehr.

Nun zu den Ereignissen der letzten 24 Stunden. Es ist Freitag. Eigentlich hatte ich geplant, das Büro um 16 Uhr zu verlassen und mich in Richtung neuer Unterkunft zu begeben, aber ich kennt mich ja. Um 18 Uhr saß ich immer noch am Rechner. Da gingen ein paar Kollegen einschließlich meines Chefs zum Urban Deli, ein Gläschen Wein trinken und danach zur nächsten Location... ok, ich komme mit. Vier Gläser

Wein und einige Stunden später ist es 22:15 Uhr und ich muss dringend los zur Unterkunft. Check-in endet um 23 Uhr und ich wollte die 4 km unbedingt laufen - ihr kennt mich ja. Kurzer Zwischenstopp im Büro um das "Handgepäck" abzuholen - Respekt Security Check-in Personal am Flughafen, dass ihr das durchgehen lassen habt.

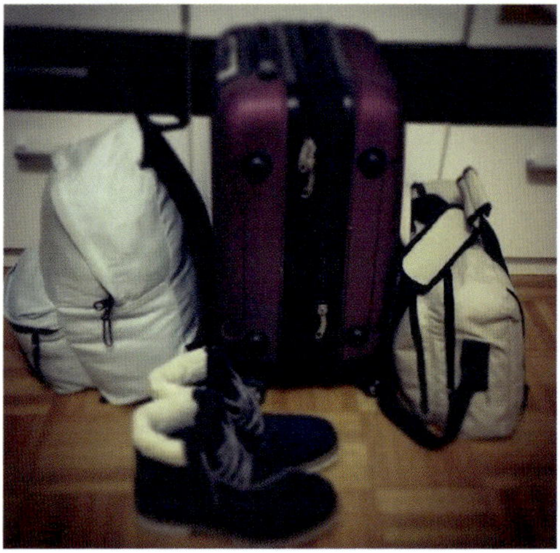

Ok, es ist inzwischen 22.45 Uhr und ich bin immer noch meilenweit entfernt, also ruf ich an.... äh keine Buchung? Nach ein bisschen hin und her darf ich trotzdem kommen. Also weiter. Mein Galaxy Note als exzellenter Navigator leitet mich wunderbar - bis plötzlich der Akku leer ist. What?! Hatte ich nicht gerade noch 44%?!

Also Smartphone Nummer 2 - Arbeitshandy, ein iPhone - raus und Apple Maps starten. Nun solltet ihr wissen, im Gegensatz zu Google Maps, sind Apple Maps und ich keine Freunde. Wirklich keine Freunde. Wir haben es schon geschafft, so sehr aneinander vorbei zu reden, dass ich in die entgegengesetzte Richtung gehe und es erst nach 20 min merke weil das iPhone keine Anstalten macht, die Geh-Richtung anzuzeigen und dann einfach laufend die Straßennamen aktualisiert. Naja, diesmal wird alles besser!

Nach kurzer Irritation laufe ich scheinbar wirklich in die richtige Richtung. Unglaublich aber wahr... für eine Weile. Bis ich an eine Stelle komme, die in einer 2D Navigationsapp kaum darstellbar ist, denn es gibt nicht nur Straßen nach vorne und hinten und links und rechts. Nein, die Schweden haben auch gerne mal Straßen, die zusätzlich nach oben und unten führen, was in der App ebenfalls geradeaus ist. Jetzt bin ich angeblich nur noch 4 Gehminuten entfernt, komme aber einfach nicht weiter. Mein Gepäck hat mir inzwischen die linke Schulter und die rechte Hand durchgescheuert bzw. gedrückt.

Da sehe ich ein Taxi. Ok 4 Gehminuten sind 2 Taximinuten, denke ich. Ach sch... drauf ich nehm' das Taxi.

Joah, etwa 15 Minuten später nach im großen Bogen im Kreisfahrerei und viel Gegrübel hat es der Taxifahrer tatsächlich geschafft, vor dem Hostel anzukommen.

Nur noch schnell zahlen und rein... so der Plan. Kreditkarte funktioniert nicht. Ich reise nun seit gut einem Jahr regelmäßig nach Schweden, hab‘ dieses Jahr insgesamt fast 2 Monate da verbracht aber das ist mir bisher nur zweimal passiert. Beide Male in Taxis nach einem laaaaaangen Tag. Immerhin war der Fahrer mit Cash in Euro einverstanden.

Also rein in die gute Stube. Inzwischen ist es 23:45 Uhr. Da geht das Theater von vorne los. Es gibt keine Buchung. Gefühlte Millionen Mausklicks später bekomme ich ein Dreibett-Zimmer für diese Nacht, ohne Bad, wie es heißt. Morgen wird gewechselt. Ohne Bad heißt genau genommen ohne alles. Es gibt drei Betten, zwei schäbige Tische, einen nicht angeschlossenen Mini-Kühlschrank, eine nicht angeschlossene Klimaanlage und ein funktionierendes und ein nicht funktionierendes Licht. Naja, geht schon für eine Nacht. Das Gemeinschaftsbad war übrigens zu schäbig, um es zu fotografieren, mit offenen Duschen ohne Vorhang oder so und Toiletten, bei denen ich nicht weiß, wie Menschen mit langen Beinen sitzen sollen. Vielleicht einfach die Tür auflassen…? Sieht ja eh keiner, weil das Licht dafür optimiert (reduziert) war. Immerhin habe ich gut geschlafen, da mich kein störendes Tageslicht etwa (durch Fenster) davon abhielt, wie es in der Werbung mancher Hotels hier in Schweden heißt.

Nächster Tag. Das Frühstück fällt überraschend gut aus. Sogar mit mehr Obst als zuvor im Hotel, das ich arbeitsmäßig gebucht hatte.

Dann gehe ich ausführlich spazieren, um meine Kleidung dem Winterwonderland ohne Winterwonderland anzupassen. Dünnere Jacke muss her sonst muss man mich bald vom Boden aufwischen, nachdem ich von den Wänden kondensiert und der Decke getropft bin.

2 Stunden später komme ich zurück. Nun sollte ich ein neues Zimmer bekommen. Selbes Spiel, es gibt keine Buchung. Um genau zu sein, es gibt eine Buchung, die aber storniert wurde, weil ich nicht bezahlt habe. "Ja" sag ich, „ich habe auch keine Zahlungsaufforderung bekommen." Egal, wenn ich noch 2-3 mal umziehe, könne ich bleiben, müsse aber immer das Zimmer bezahlen, dass ich bekomme. Für gestern Nacht heißt das, ich bezahle alle drei Betten, was mehr kostet als das Einzelzimmer, obwohl dieses ein eigenes Bad gehabt hätte. Wenn ich Glück habe, sei auch mal ein Zimmer mit Bad dabei.

Ok, das Maß ist voll. Ich bin ja (inzwischen) ein sehr geduldiger Mensch und gar nicht so anspruchsvoll. Aber irgendwann ist auch bei mir mal Ende Gelände. Also bedanke ich mich für die Hilfe und dass sie mich gestern um Mitternacht noch aufgenommen haben. Aber ich würde jetzt doch gerne nach einer Alternative schauen. Dafür müsste ich noch einmal kurz auf mein Zimmer. Wie? Ich will noch mal aufs Zimmer? Das müsse doch jetzt geputzt werden! Man erkennt mir zähneknirschend 30 min an, die dann eher 10 waren. Dann wurde bereits gedrängelt ich müsse jetzt raus.

Die Suche nach einer Alternative gestaltet sich allerdings schwieriger als gedacht. ALLE Hotels in Stockholm sind völlig überteuert und Hostel muss jetzt auch nicht noch mal sein. Also buche ich auf die Schnelle eine überraschend günstige Unterkunft per Airbnb. Fotos sehr schön. Eigenes Zimmer, eigener Eingang, eigenes Bad, alles top. Kurzer Blick auf die Karte und es scheint nicht so weit weg zu sein, von da wo ich grade bin.

Also gebucht. verbindlich. OK… wohin bis ich weiß, wann ich einchecken kann? In 10 Minuten Entfernung sind ein paar Essens-/Sitzgelegenheiten. Ich tiger da hin… warte... warte... warte.

Dann schau ich mir schon mal den Weg an. Ich laufe ja gerne. Ah 25 Minuten… geht ja... mit dem Auto. Äh was?! Umschalten auf zu Fuß. Ah nur 3,5 h, das ist ja nah!

Hatte wohl den Maßstab der Karte übersehen. Kurzer Verzweiflungsausbruch. No way. Das geht nicht. Da müsste ich, wann immer ich irgendwo hin will, mit dem Auto fahren. Auto heißt Taxi. Taxis und ich sind ja auch sooo dicke. Also der netten Dame eine Nachricht geschrieben, dass ich leider stornieren muss.

Was jetzt? Nochmal auf die Schnelle irgendwas buchen, kommt nicht in Frage. Also Ruhe bewahren und erstmal ins Büro - mit "Handgepäck". Dann fasse ich in meine Hosentasche. Ach nee, hab versehentlich den Schlüssel des tollsten Zimmers behalten, in dem ich je genächtigt habe. Jetzt muss ich da auch nochmal hin... den Berg rauf!

Dabei fällt mir auf, ich war noch nie samstags gegen Mittag in Stockholms Touristenviertel unterwegs. Meine Fre***e kein Durchkommen…. vor allem mit Koffer im Schlepptau. Also brauch ich fast zwei Stunden, bis ich im Büro ankomme. Inzwischen der Verzweiflung so nahe, wie lange nicht mehr. Insbesondere als ich feststelle, dass es wirklich kein Hotel gibt, das ich für unter 1.000 € für die 9 verbleibenden Nächte buchen kann. Nicht mal die mit schlechten Bewertungen! In meinen nur 35 Jahren habe ich bereits einiges erlebt inklusive Geldmangel für essentielle Dinge wie Nahrungsmittel. Aber kein Dach überm Kopf ist neu. Also was tun?

Hm, doch noch mal Airbnb? Ein Angebot sieht nicht schlecht aus. Also stell ich ‚ne Anfrage. Wie schön, in der Autoreply steht, die Gastgeber haben 24 Stunden Zeit für eine Antwort. Yeah! Jackpot!

Immerhin bin ich jetzt im Büro. Heißt irgendwie dann doch Dach überm Kopf und... richtig ... da kann ich ja gleich ein bisschen arbeiten. In der Zwischenzeit wird die Stornierung akzeptiert... uff! Bin natürlich trotzdem ‚nen Fuffi los.

2 Stunden später - die Gastgeberin bestätigt die Anfrage - top! Aber Airbnb konnte die Zahlung nicht durchführen also keine Buchung. Kurzer Moment der dezent alles überlagernden Panik. Was hab‘ ich alles mit der Karte gezahlt?? Ok, wenn das Hostel doch schon bezahlt war und die misslungene Airbnb Buchung auch und diesen Monat bin ich schon das zweite Mal in Schweden... da bezahle ich immer alles mit Kreditkarte. Oh mein Gott! Was wenn das Limit erreicht ist und ich gar nichts mehr buchen kann???!

Kurz die Szenarios im Kopf durchgegangen.... hm die Obdachlose beim Coop sieht netter aus als die bei der Centralstation. Ne Decke mehr hat sie glaub ich auch...

Aber erstmal versuch ich die Zahlung noch einmal manuell zu tätigen. 3 Tonnen Steine fallen mir vom Herzen als die Zahlung durchgeht. Ich kündige mein Check-in für in 2 Stunden an.

Dann mach ich die Präsi als Zusammenfassung des Meetings mit dem CEO und Marketing Management fertig, verschicke sie und mach mich auf den Weg.

Wegbeschreibung... ok ich soll durch ‚nen Park, dann zum Jungfrugatan, dann weiter bis Nummer 52. Tür hat nen Pincode. Ok, krieg ich hin. Ich watschel also durch ‚nen dunklen (Lampen waren zwar da, aber aus), matschigen Park zum Jungfrugatan - hab dort übrigens keine Jungfrau getroffen. Aber das nur am Rande.

Nummer 52. Pin eingeben. Nichts passiert. Pin eingeben. Nichts passiert. PIN EINGEBEN... NICHTS PASSIERT. Ok, Host anschreiben.

Pin ist richtig. 52 auch? Jungfrugatan... was? Falsch? Die Straße heißt Starringgatan (Straßenname geändert). Wäre nett gewesen, das in der Beschreibung zu erwähnen. Egal, hätte ich wahrscheinlich auch noch irgendwo anders aus der App rauslesen können.

Also mach ich mich wieder auf den Weg. Noch ein "Park", diesmal deutlich kleiner. Aber… ANSTRENGEND. Schon mal versucht einen Rollkoffer über nassen Kies zu ziehen? Ja. Nein. Das ist mal ein Workout!

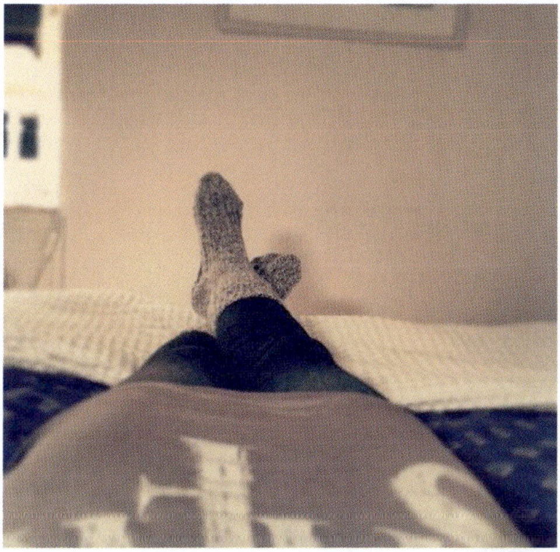

Nach 3-10 Handwechseln hab‘ ich keinen Bock mehr und trag das Ding einfach - wie auch schon die zwei anderen Taschen.

So. Starringgatan. Nummer 52. Der Pin funktioniert. Halleluja! Rauf in den fünften und die Klingel gesucht. Ein unscheinbarer schwarzer Knopf inmitten von drei Türschlössern scheint es zu sein. Die Gastgeberin öffnet. Eine ganz nette 'ältere' Britin wie mir scheint. Sie zeigt mir mein Reich. Ein eigenes Zimmer mit groooßem Bett, Stuhl, Schrank und TV und es gibt jeden Tag um 5 Tee. Frühstück kann ich am Abend vorher bestellen. Eigenes WC, Bad teilen wir. Fühl mich wie im Himmel! Alles sauber, alles modern, alles sogar stylisch.

Endlich eine Dusche und dann nur noch die Beine hochlegen. Die bringen mich nach insgesamt 3,5 Stunden Fußmarsch mit Gepäck ohnehin bereits um.

Gepäck

Wenn du mit Gepäck und Einkäufen für die nächsten Tage nach deinem Feriendomizil suchst, der einzige Weg, einen Fluss zu überqueren, den dir das Navi vorschlägt, gesperrt ist, du zur nächsten Brücke weiter läufst, die dann leider eine Bahnstation ist, welche du ohne gültiges Ticket nicht betreten darfst, du also umdrehst und irgendwie versuchst selbst herauszufinden, wie du die gesperrte Stelle umgehen kannst, unter anderem indem du schwedische Hinweisschilder liest und wenn du endlich auf der richtigen Brücke bist, dann dein Handy-Akku leer ist, weshalb dir dein Navi nicht den Rest des Weges weisen kann und dir inzwischen fast beide Hände und Schultern abfaulen obwohl du noch die Hälfte der eigentlichen Strecke vor dir hast, was denkst du dann?

Und das soll MICH aufhalten??! Neeeeeeeeee!

Heimaturlaub

Baumwipfelpfad in Unterfranken

Baumwipfelpfad in Unterfranken

...da gibt`s noch Natur

Stockholm Beifuß

Stockholms Stadion – spielt man hier auch das Quidditch-Dings?

Stockholms Skigebiet…

... Hammerbybacken...

... ohne Schnee.

Der Tantolunden Park vor imposanter Kulisse

Winter in Stockholm
gibt es doch!

Welcome to NY little girl *oder Steffie lernt...*

... das Taxi fahren (in einer US Großstadt)

Natürlich bin ich bereits Taxi gefahren...in Deutschland und Schweden und auch in UK, aber eben nicht in Amerika.

Steffie verlässt also den Flughafen nach - ohne Witz - ca. 2 Stunden Einreiseprozedere inmitten lauter ESTA-Neulingen (wie mir). Da steht bereits eine kleine rundliche Gestalt am Ausgang und fragt, ob ich ein Taxi brauche. Ich brauch eins und bei genauerem Hinsehen ist es eine Frau, die nicht im Geringsten bedrohlich aussieht, also sage ich 'ja' und folge ihr.

Die Kleine stürmt los. Ich Läuferin, sie seeeeehr kurze Beine. Trotzdem habe ich Mühe hinterher zu kommen. Muss wohl am Trainingsrückstand liegen! Wie lange bin ich nicht gelaufen? OMG! Das war noch vor meiner kleinen Verletzung, also vor London! Fühl mich plötzlich.... ey, schlechtes Gewissen verzieh dich... das ist meine Geschichte! Wo war ich? Ach ja, nach ca. 50 Metern erreichen wir einen Parkplatz mit seeeeehr vielen Autos. Unter all diesen Fahrzeugen, entdecke ich eines, das mit Abstand das älteste und kaputteste zu sein schien. Rund ‚rum war bereits an der Formschönheit gefeilt worden... und ich fange gerade an zu denken "Hoffentlich ist es nicht..." da muss ich bereits lachen und setze den Gedanken fort mit "natürlich ist es dieses Fahrzeug".

Uuuuuund... ich habe Recht. Zielstrebig geht sie zu diesem Wagen. Schnell prüfe ich, ob ich entscheidende Mängel sehe. Natürlich bin ich kein TÜV-Prüfer. Aber ich bin mit einem befreundet, das muss reichen!

Steffie-TÜV Prüfung erfolgreich bestanden, sehe ich im Wageninneren nach dem Rechten. Von innen sieht das Fahrzeug nicht wirklich besser aus und ich sehe auch kein Taxameter. Also frag ich sie, ob ich eine offizielle Rechnung bekomme und sie antwortet, natürlich bekomme ich eine.

Ich überlege, wieder auszusteigen. Irgendwie tut mir die arme Frau aber leid und ich möchte ihr das Geld nicht vorenthalten. Also bleibe ich. Ich frage sie nach dem Preis. "120 Dollars" sagt sie fest entschlossen in ihrem gebrochenen Englisch. Ich überlege kurz, dass das ganz schön viel ist, erinnere mich dann aber Stockholm, wo es auch nicht gerade günstig ist. Wahrscheinlich versucht sie mich gerade ein wenig übers Ohr zu hauen, aber das nehme ich in Kauf.

Schließlich passieren wir eine Art Mautstation wo wir bar bezahlen. Da kommt mir der Gedanke, dass die wehrte Dame evtl. gar keine Kartenzahlung akzeptiert. Ich suche also nach dem Kartenlesegerät und als ich keines finde, frage ich nach. Sie sagt, nein, sie hätte sich das teure Ding nicht angeschafft. Ob wir nicht an einer Bank vorbeifahren könnten. Da Schlaubi-Steffie ihre Kreditkarten Pin immer noch nicht weiß, fällt das aus wegen is‘ nich‘.

Wir überlegen also hin und her, was wir tun. Die Maut hat bereits 20 Dollar gekostet, also hat die Fahrt offiziell begonnen. Aus meinem letzten Erlebnis in Stockholm gelernt, biete ich ihr Euro an. Sie fragt mich, wieviel Euro wohl 120 Dollar wären. Ich sage ehrlich "no idea" wohl wissend, dass ich den Gegenwert von 120 Dollar nicht in der Tasche habe. Stattdessen zähle ich meine Euro vor ihr und biete ihr die ganzen 65 an. Sie fragt mich, wie viel das wohl ist. Ich: "hmmm not sure" und da fühle ich mich wirklich schlecht, denn wer mich kennt, weiß, ich hasse es zu lügen. Wirklich. Ich mache das NIE. Wenn ich lügen müsste, antworte ich einfach nicht oder etwas Anderes. Das habe ich übrigens auf der Uni gelernt: Weißt du die Antwort nicht, sag einfach was Anderes.

Der kleinen Lady antworte ich aber die Wahrheit ein weeeeeeenig beugend: "maybe around 90?" 65 Euro sind nie und nimmer 90 Dollar, aber zumindest war ich ehrlich, dass ich es nicht sicher weiß. Sie ruft fröhlich "I take it!" und die Fahrt geht weiter.

Ein paar Minuten später stehen wir im Stau und ich checke (ohne dass die Lady es sehen kann) den Wechselkurs. 65 Euro sind 70 und ein paar zerquetschte Dollar. Ok, damit sind wir quitt. Ich hab‘ sie auf etwas mehr als die Hälfte herunter "gehandelt".

Munter weiter geht die Fahrt und die Kleine plappert vor sich hin, erzählt mir, dass die Papphäuser in Queens 1 Million, 2 Million Dollar kosten. Erzählt mir ihre Lebensgeschichte. Sie hat die Schule nicht abgeschlossen, lieber "Boyfriends" gehabt und jetzt mit 54 brauche sie auch keine Schule mehr nachholen. Ich weiß, es ist gemein, und ich sollte so etwas nicht denken, aber mir erscheint es seltsam, dass diese Gestalt überhaupt "Boyfriends" hatte. Wie sie selbst allerdings richtig feststellt: Jugend ist vergänglich. Jetzt rauche sie, hätte ein schlechtes Herz, graue Haare und die Zähne fielen ihr aus. Das ist ehrlich gesagt noch untertrieben. Von ihrem Raucherhusten und der seltsamen Art, wie sie gewisse Dinge danach auf die Straße befördert hat, möchte ich lieber nicht schreiben. Gut, dass ich meist Desinfektionsmittel dabei hab…

Irgendwann mitten während der Fahrt drückt sie mir einen gelben Zettel in die Hand, der aussieht wie ein Vordruck für einen Grundschul-"Ja mein Kind darf mit auf den Ausflug kommen".

Das sei mein offizieller Beleg. Ich müsse nur Start- und Endpunkt und den Betrag eintragen. Da steht weder irgendein Taxiunternehmen oder ihr Name, geschweige denn Umsatzsteuer-ID oder so etwas. Ich kenn doch unsere Buchhaltung und sag den 65€ schon mal leise „Servus“.

Ungläubig frage ich sie, ob das wirklich der offizielle Beleg sei. "Official receipt! Yes! That's how it goes!" antwortet sie überzeugt. Wie ich das so ausfülle, überlege ich, ob ich den Beleg irgendwie retten kann und frage sie, ob sie mir nachher ihren Namen nennen und das Ding unterschreiben könne. Sie antwortet, ja das könne sie machen.

Dann stehen wir etwas im Stau. Ein paar Jahre später - in ihrer Lebensgeschichte - und Minuten in Echtzeit geht es weiter. Wir sind immer noch auf dem Highway, als sie plötzlich wieder das Buch als Schreibunterlage herausholt und den gelben Wisch noch mal haben will. Sie unterschreibt ihn jetzt. Jetzt?! Ich antworte, es wäre mir doch ein wenig wohler, wenn wir das am Hotel abschließen würden, ich hätte Angst, sie würde dann versehentlich irgendwo dagegen fahren. "I'm good driver!" war ihre Antwort.

Das gebrochene Englisch in Verbindung mit der Erinnerung, wie ihr Auto von außen aussah hat mich innerlich herzlichst zum Lachen gebracht. Mann war das hart, ihr das nicht zu zeigen! Wo ich doch so gerne lache und das die letzten Tage definitiv zu wenig getan habe. In purer Selbstkontrolle überzeuge ich sie stattdessen nur freundlich lächelnd davon, dass wir das lieber später machen...

Nachdem wir noch zweimal im Kreis gefahren sind, endet die Fahrt, indem ich meine Unterschrift bekomme, sie ihre Euro und mit dem beiderseitigen Versprechen, diese Fahrt nie zu vergessen.

Das war sie, meine erste Taxifahrt in New York!

Stau in NYC

Stau mit nettem Ausblick in NYC

Stellt euch vor, ich habe tatsächlich schon das ein oder andere Mal geduscht und ja ich weiß, wie der Apparat zu bedienen ist. Ja wirklich! Oder dachte ich. Bis an jenem Morgen.
Aber nach einer geschlagenen halben Stunde, Ziehens an jedem Hebel, Drehens an jeder Stelle, die sich irgendwie bewegt, wollte ich beinahe aufgeben und einfach auf die Dusche verzichten. Was ich auch tat, das Wasser kam immer nur aus dem unteren Hahn und der Duschkopf antwortete hämisch grinsend: „Kein Kommentar".

Ich habe wirklich überall gedreht, gezogen und gedrückt. Ich hatte schon Angst gleich irgendetwas zu demolieren. Kennt ihr "Wer wird Millionär"? Da gibt es... richtig… den Telefonjoker!

Klein-Steffie bittet also eine regelmäßige USA-Besucherin aus dem Münchner Büro um Hilfe. Nennen wir sie mal Tina (Name geändert).

Tina bittet berechtigterweise um ein Foto. Ich schicke drei. Tina ist sich schnell sicher: Ich muss den Hahn drehen! Hatte ich bereits versucht, aber wer kennt das nicht, dass es beim zweiten Mal plötzlich klappt? Ich drehe und drehe und drehe - diesmal will ich es richtig machen - als mir plötzlich auffällt, dass der Hahn schon ca. einen Zentimeter weiter aus der Wand ragt als zuvor. Sämtliche Komödien mit ungewollten Wasserfällen in Badezimmern im Kopf dreh ich das Ding ganz schnell wieder rein. Hm, Tina ist ratlos.

Zum gefühlt 20. mal gehe ich gedanklich alles durch, was man an der Armatur überhaupt bewegen kann. Dabei fällt mir ein, dass sich das Siebdings, das in dem Hahn steckt vorhin auch drehen lassen hat. Ich drehe also nochmals daran. Nichts. Dann ziehe ich voooorsichtig daran. Hmmmm, es bewegt sich!

Sicher, ich würde den Hahn gerade zerlegen, ziehe ich etwas entschlossener daran und... ENDLICH!!!!... stehe ich unter EIS-kaltem

Wasser, denn beim millionsten Versuch hatte ich vergessen, die Temperatur vorher zu regeln.

Goooooood Moooorning Viet……York!

OK, zugegeben, das ist etwas, das wusste ich eigentlich vorher: Man braucht im Ausland Adapter, sonst kriegt man keinen Strom. Jupp, is‘ klar. Da ich im Vorfeld der Reise und auch beim Packen aber unter anderem wegen eines spontanen körperlichen Totalausfalls (ich konnte anderthalb bis zwei Tage tatsächlich nicht mal aufstehen) nicht vollständig bei Sinnen war, war ich aber nicht darauf vorbereitet.

Zu meiner Verteidigung: in London waren sowohl das Hotel als auch unser Büro bestens ausgestattet. Hier in New York nicht. Ich komme also im Hotel an, hatte den halben Flug über gearbeitet und daher nur noch Strom für ca. 30 Minuten im Laptop-Akku. Handys hatte ich - ein Hoch auf die schlaue Blondine! - während der 8 Stunden Flug tatsächlich mal komplett ausgeschaltet. Um deren Akku-Ladung war es daher noch deutlich besser bestellt. Ok, im gesamten Hotelzimmer gibt es keine europäischen Steckdosen oder Adapter. Schnell bei der lieben Kollegin nachgefragt. Auch im Büro gibt es keine. Muss holen, soll ich? Soll ich!

Plan für die nächsten Morgen steht: gemütlich aufstehen, lecker Frühstück, Adapter kaufen, Büro - alles gechillt.

Nope. Frei nach dem Motto: 1. kommt es immer anders und 2. als man denkt, werde ich schon früh bei aus vollster Brust schreiendem Vibrationsalarm meines Arbeitshandys wach. Ok ok ganz so war's nicht. Ich bin eh immer wieder wach geworden und das Handy lag auf ‚nem weichen Untergrund also kein Lärm. Jedenfalls schau ich noch vor dem Verlassen des Bettes in den Arbeits-Chat und stelle fest: Da ist einiges los!

Die deutsche Valentinstagskampagne, die in Kürze startet, braucht dringend Liebe. Erstmal versuche ich per Chat Auskunft zu geben. Reicht nicht. Dann kündige ich an, 30 min Laptopzeit hätte‘ ich noch, welche ich dann dankend angenommen investiere.

Danach geht's zum Frühstück - übrigens amerikanisches Hotelfrühstück ist... naja sagen wir ein Witz und das ist noch ein Kompliment. Zum Glück hatte mich jemand vorgewarnt. Ich liebe es gemütlich und ausgiebig im Hotel zu frühstücken bevor der stressige Arbeitstag beginnt und wäre wohl maßlos enttäuscht gewesen. Nachdem ich also eine Banane, ein großes Croissant, ein kleines Croissant und einen Muffin gegessen hatte - ja, ich weiß ich esse viel zum Frühstück oder mit den Worten eines UK Kollegen "Big appetite, huh?" - geht die Adapter-Jagd los. Der Tipp, Hotels hätten auch oft welche, brachte leider nichts.

Im Hotel wird mir gesagt "Best buy at 14th street". Dasselbe hatte meine Kollegin auch schon gesagt. Jetzt müsst‘ ich nur noch wissen, wie der blöden Laden heißt. 14th Street wird nicht grade kurz sein. Ich frag also nach. Beim dritten Mal kapiert Steffie dann auch, dass der Laden 'best buy' heißt. Wenn's mal wieder länger dauert...

Ich tingel also los. Navigation per Handy ist in New York übrigens leicht erschwert: Das GPS-Signal ist, zumindest bei mir, immer verzögert. Vermute mal, das sind die hohen Gebäude. Du bist also unter Umständen schon an der Straße vorbei, die eigentlich erst in 100 Metern kommen soll, wenn du nicht aufpasst. Aufgrund der praktischen Nummerierung in US ist es aber dennoch machbar. Zweimal vor- und zurückgelaufen und schon bin ich in der richtigen Richtung unterwegs. Die Leute auf der Straße müssen mich für total bescheuert gehalten haben. Einer wollte mir sogar ‚ne Mütze geben, die er gefunden hat. Dachte wohl, ich such‘ was…

Zum Laden zu kommen war nicht schwer, Navigation im Laden dagegen sehr. Ich finde weder ‚ne Reiseabteilung noch irgendetwas ähnliches und beschließe zu fragen. Frauen machen das ja, denn sie können zugeben, wenn sie etwas nicht finden. Prompt kommen mir zwei junge Frauen in der Kluft des Shops entgegen. Ich sprech' die kleinere an, da sie näher bei mir ist, ob sie mir sagen könne, wo ich ‚nen Adapter finde, damit ich mein Notebook laden kann. Vielleicht bin ich verwöhnt, aber was dann passiert, hab‘ ich tatsächlich noch nie erlebt. Ich verzichte an dieser Stelle darauf, den Migrationshintergrund der beiden genauer zu benennen, da ich davon überzeugt bin, dass ihr Verhalten wohl eher auf Amerika als auf die Migration zurückzuführen ist.

Passiert ist Folgendes: Die Angestellte des Ladens, in dem ich etwas kaufen möchte, sieht mich mit arrogantem Blick an, hebt die Nase ungelogen noch ein bisschen höher, schaut wieder nach vorne und will weitergehen. Ich lasse mich hinreißen zu einem "Hello?!!".

Da antwortet mir die andere ich müsse in die Mobile-Abteilung und da wär‘ dann auch jemand, der mir hilft. Die Mobile-Abteilung war übrigens fünf Schritte entfernt – ich habe sie gezählt! Nachdem ich den jemand, der da hilft, zwei Kunden kassieren lassen habe, hilft er oder besser sie mir und wir gehen gemeinsam noch einen Meter(!) weiter, wo die Adapter sind. Das hätte man mir natürlich nicht beim ersten Mal fragen zeigen können…

Ich bekomme einen Multiadapter, der eher so aussieht, als würde er europäisches Output liefern, aber nicht Input akzeptieren. Aber gut, die Verkäuferin, die glücklicherweise sehr freundlich war, ist sich sicher. Ob ich die, übrigens unverschweißte, Packung aufmachen darf um den Stecker zu prüfen? Nein! erst nach dem Kauf. Aber zurückgeben geht? Ja geht. Ich kauf das Ding. Stecker scheint zu passen und ab dafür.

Unser Büro, mitten am Broadway, hab‘ ich schnell gefunden, den Eingang nicht. Der ist nämlich um die Ecke. Aber auch das ist nach ‚ner Weile gelöst. Raufgehen, Leute kennen lernen, irgendeinen Arbeitsplatz einnehmen, Adapter einstecken und los geht‘s. Klarer Fall von denkste.

Es brauchte drei Leute, um den Adapter in Betrieb zu nehmen. Die dritte war übrigens ‚ne Mama, die es wohl einfach gewohnt war, ein bisschen fester an Dingen zu rütteln und zu drücken. Unsereins hatte schon Angst, was kaputt zu machen, da hat sie die beiden Stecker einfach mit voller Kraft zusammengedrückt, bis es ***KLACK*** gemacht hat. Schon hatte ich Strom… unwiederbringlich!

Ich hab‘ übrigens beschlossen, dieser Verbindung nicht im Wege zu stehen, denn was Gott so fest zusammengeführt hat, das soll der Mensch nicht trennen (den Spruch habe ich übrigens von einem U-Bahn Fahrer in München gerlent).

… das pitchen (in einer US Großstadt)

Wie einige von euch wissen, bin ich derzeit auf Promotour oder wie die Amis sagen "Roadshow" durch alle Regionen u.a. um Fans, offene Ohren, Tipps, Wünsche etc. bei den Kollegen von Product, Risk, Marketing, Commercial.... eigentlich allen Funktionsbereichen, einzusammeln.

Diese Geschichte dreht sich um meine Erlebnisse mit einem unserer Sales-Kollegen. Nennen wir ihn Moritz (Name geändert). Ich treffe Moritz bereits an meinem ersten Tag im NY Büro während meiner Vorstellungsrunde. Moritz ist ein junger, sehr charismatischer, unglaublicher kreativer und smarter Salesler. Er fällt mir sofort wegen seines inneren Strahlens auf. Der ist engagiert, motiviert.... der will was bewegen! Wir unterhalten uns 3 Minuten. Er stellt die richtigen Fragen und was er erzählt, passt exakt zu meinen Plänen/Ideen. Sprich: mit dem muss ich mich zusammensetzen. Also buche ich ein Meeting mit ihm. Keine Sorge, das wird keine langweilige Business-Story...

Das Meeting ist für den zweiten Tag angesetzt. Nach drei oder viermaliger Verschiebung schaffen wir's endlich. Zu dem Zeitpunkt hatte ich bereits mehrfach dieselbe Story erzählt - natürlich immer anderen Kollegen. Doch bei ihm merke ich sofort: der hat keine Ruhe, mir zuzuhören. Er nimmt sich zwar Zeit für mich aber eigentlich hat er 1.000 Dinge im Kopf, die dringender sind.

Also ratter‘ ich meine 2h Management-Präsi in 10 min runter. Wie? stark kürzen und einfach dreimal so schnell sprechen. Bei Minute 9 hatte ich ihn. Da merkt er, dass ihm richtig nützlich sein kann, woran ich arbeite. Er entspannt sich, erzählt ein bisschen von sich bzw. seinem Job, fragt mich was ich noch wissen will und sogar wo er helfen kann! Elevator-Pitch – done… Uff!! :)

Abschließend sagt er, das sei super spannend (Lob gekürzt) aber er hätte eh schon so viel zu tun und wüsste nicht, wie er da noch Zeit unterbringen soll. Als ich ihm sage "Nein, es geht darum, wie ich dir helfen kann" schaut er mich an wie ein Kind an Weihnachten, überlegt kurz und fragt: Kannst du diese Präsentation anonymisieren und heute auf ein Händlermeeting mitkommen? Ich: Wann? Er: In 3 Stunden.

Hmmm... in der Zwischenzeit hab' ich noch ein Meeting also nur 1 Stunde zum Anpassen der Präsi und noch nichts gegessen... hab schon Schlimmeres erlebt. Ich sage zu.

Ok, es ist 15:30 Uhr. Wir machen uns auf den Weg. Geplant sind 15-20 Minuten zu Fuß. Arbeitsmäßig sind wir auf einem Nenner, aber wir haben noch keinen Satz einfach nur gequatscht und 20 min können echt lang sein. Steffie muss also irgendwie das Eis brechen. Als wir vor dem Aufzug warten… und ich muss dazu sagen, Moritz ist groß. Echt groß. Also WIRKLICH GROSS. Ich hab' an dem Tag auch noch flache Schuhe an, was den Unterschied noch prägnanter macht.

Wir warten also vor dem Aufzug und da steht zum Trocknen aufgespannt ein winziger Kinderschirm in Froschform. Frech wie ich bin, frag ich ihn, ob das sein Schirm sei. Er schaut mich an, lacht und sagt „nein“. ***KNACKS*** Das Eis war gebrochen. Während der 20 Minuten erzählt er viel von sich und seiner Arbeitsphilosophie, fragt mich ein bisschen was. Ich erzähle, wie ich zu diesem Job und der größeren Verantwortung kam, meinen Reisen und wir unterhalten uns ganz nett.

Einen Kaffee später kommen wir beim Händler an. Moritz ist der Initiator also überlasse ich ihm komplett die Führung. Wir betreten die heiligen Hallen des Händlers und sollen kurz warten. Gefühlt nicht mal eine Minute später kommt bereits ein anderer Mitarbeiter, zeigt uns die Garderobe und führt uns ins einen Raum, indem nur zwei Dinge stehen:

Ein Computer und ein Bett. Jetzt fragt ihr euch: Ein Bett?! Das macht durchaus Sinn. Ja wirklich, denn der Händler verkauft Matratzen. Also denke ich erst: Das ist ein seeeeehr kreativer Meetingraum... aber am Verhalten des Mitarbeiters wird mir schnell klar, er denkt, er verkauft und es jetzt die optimale Matratze für unser gemeinsames Bett. Moritz betritt den Raum ein wenig nach mir und bemerkt daher auch den Irrtum erst später. Ich kann mein Schmunzeln schon kaum mehr unterdrücken, lasse ihn die Situation aber auflösen. Der Mitarbeiter entschuldigt sich zigmal und eilt, den richtigen Ansprechpartner zu holen. Man konnte richtig sehen, wie sehr diesem armen Mann seine Verwechslung leidtat.

Während wir warten sagt Moritz grinsend zu mir, er mache ja viel für ‚nen Pitch aber das sei neu.

Das Meeting lief übrigens ganz gut. Moritz verabschiedet sich herzlich von mir und möchte mich zukünftig für solche Meetings einfliegen lassen. Naja, passend zum Händler, hab‘ ich ihn mal träumen lassen...

Wie ihr wisst, komme ich aus Deutschland. Ich kenne also Schnee. Zu genüge. Ich war auch schon in Schweden während eines spontanen Schneeblizzards und ... wer mag es glauben... haben ihn unbeschadet überstanden. Aber Schnee in New York ist anders, ganz anders. Schnee in New York ist Ausnahmezustand. Schnee in New York ist.... einfach unbeschreiblich. Aber ich stelle mich der Herausforderung und versuch's trotzdem... für euch! Diese Geschichte stammt ebenfalls von meinem ersten US-Aufenthalt.

Kurz zum Vergleich: Gestern hatte es 16 Grad bei schönstem Sonnenschein. Die Wetter-App hatte mich schon vor dem Abflug darauf hingewiesen, dass warme Kleidung hilfreich sein könnte. Gestern habe ich kurz an deren Zurechnungsfähigkeit gezweifelt. Meine liebe amerikanische Kollegen hat das Thema aber wie folgt kommentiert: "No, it will snow tomorrow. It will."

Sie sollte Recht behalten. Gleich nach dem Aufstehen öffne ich die Jalousien und was sehen meine verzückten Augen? Schnee wirbelt kreuz und quer durch die Luft und die Straßen sind bereits weiß.

Da ich ohnehin schon seit 6 Uhr im Hotel am arbeiten war (Zeitverschiebung.... die Kollegen in München waren ja schon lange fleißig) und ich irgendwie gehofft habe, der Schneefall würde ausdünnen, lasse ich mir viiieeel Zeit und mache mich erst um halb zehn auf den Weg zum Büro.

Mir fällt sofort auf: es sind deutlich weniger Leute unterwegs. Schnell wird mir klar warum. Es ist tatsächlich nicht einfach, sich fortzubewegen und das nicht nur, weil wir bereits 5 cm Neuschnee haben. Emsig fahren Räumfahrzeuge durch die Gegend, deren erklärtes Ziel es zu sein scheint, die Straßen leer zu bekommen. Zu 100% auf Kosten der Fußgänger, denn zwischen den Schachbrett-förmigen Blocks muss man als Fußgänger jedes Mal erst von den aberwitzig hohen Bordsteinen runter auf die Straße und auf der anderen Seite wieder hoch. Glücklicherweise türmen sich genau vor diesen Übergängen Unmengen von Schnee, sodass man von der tiefer gelegenen Straße erst einen Hügel erklimmen muss, um auf den Gehweg auf der anderen Seite zu gelangen. Das machst du dann geschlagene 20 Mal auf einem Fußweg von 15 min.

Im Büro angekommen oder besser davor, stelle ich fest: da ist noch zu. Keiner da. Blick auf die Uhr... jupp, es ist 9:45 Uhr. In München sind die ersten *hust*… ich … *hust* um die Zeit schon wieder hungrig. Zum Glück gibt es vor unserem Büro im elften Stock einen kleinen Wartebereich mit zwei Sesseln und sogar Strom. Da setz ich mich einfach mal hin und arbeite weiter, wo ich im Hotel aufgehört hatte.

Nach einer Stunde ist immer noch keiner da. Ich frage bei meiner Marketingkollegin nach, die mir übrigens Bescheid gesagt hatte, dass sie bei dem Wetter von zu Hause arbeiten wird. Sie sagt, es könne gut sein, dass keiner mehr kommt. Egal… ich bin so gut im Flow, ich arbeite einfach ein bisschen weiter. Der erste Videoanruf kommt rein. Es ist Moritz, der Kollege von vorgestern, der heute in Columbus ist. Ich nehme den Anruf im Warteraum entgegen. Wir bequatschen das Fachliche. Endlich ein Auftrag! Mir wäre ja schon fast langweilig geworden! Aber ich wollte es ja so... Zum Abschied sagt er schmunzelnd, ich könne ihn ja wieder anrufen, falls wirklich keiner mehr kommt und ich einsam bin.

Um halb eins, bekomme ich langsam Hunger. Mann, wie die Zeit vergeht! Ich bin immer noch allein und beschließe etwas essen zu gehen und dann im Hotel weiter zu arbeiten. Wie hieß nochmal diese Salat/Grillbar, bei der wir Anfang der Woche waren? Keine Ahnung. Und wo war die gleich wieder? Hmmm irgendwo um die Ecke. Wird schon. Ich mach los. Nachdem ich dieselbe Kreuzung dreimal in verschiedene

Richtungen überquert hatte und dasselbe mit noch zwei weiteren, entdecke ich plötzlich den Schriftzug, der mir leckeres Essen verspricht. Yummy!

Gestärkt trete ich den Rückweg zum Hotel an. Es schneit immer noch und trotzdem befindet sich jede Menge Wasser auf den Straßen. Eigentlich dürfte es gar nicht tauen. Kalt genug ist es… aber der Amerikaner an sich scheint immense Angst vor Schnee zu haben. DAS ZEUG MUSS WEG!! So schnell es geht - egal wie. Da streuen wir einfach mal Kiloweise Salz auf die Gehwege. Der Schnee taut an und verwandelt sich teilweise in Wasser, welches Richtung Straße läuft... Nun hatte ich vorhin die aberwitzig hohe Kluft zwischen Straße und Fußweg erwähnt. Genau dort läuft das Wasser jetzt hin und weil es immer noch schneit, sieht man gar nicht, dass da Wasser ist.

Ich mache also einen grooßen Schritt, um vom Gehweg runter über einen kleinen Schneeberg auf die Straße zu kommen und es ist einfach mal der ganze Fuß weg. Komplett unter Wasser. "Yeah! Volltreffer!" denke ich. Nächster Überweg. Ich bin schlauer. In der Mitte des Überwegs war es vorhin am tiefsten. Ich gehe also am Rand. Jupp.... ganzer Fuß unter Wasser.

Nächster Überweg. Ich mache einen grooooßen Schritt und strecke den Fuß so dass ich nur mit den Zehenspitzen aufkomme. Ha! Schlaues Blondchen! Nur der halbe Fuß unter Wasser.

Zwei, drei Überwege waren tatsächlich halbwegs trocken bzw. nur verschneit. Ich entspanne mich. Zack... Fuß unter Wasser.

Mittlerweile ist mein rechter Fuß kalt. Echt kalt. Eiskalt. Zur Feier des Tages biege ich zwei Straßen zu früh ab. Schachbrettmuster sei Dank sollte das eigentlich egal sein. Ich muss ja eh einmal rechts, einmal links. Nein, nicht egal. Dazwischen ist ein Block, bei dem man in der Straße nicht in die Richtung kann, in die ich müsste. Ich gehe also weiter und muss nachher wieder ein Stück zurück.

Zwei weitere Tauchgänge später - manchmal war der See so groß, dass ich schon wusste ich lande drin, konnte es aber einfach nicht vermeiden - komme ich am Hotel an. Halleluja!

Ich beschließe zum Abendessen zu der netten kleinen Thai-Nudel- und Suppenküche zwei Türen weiter zu gehen. Kein Risiko mehr heute Abend.

Zusammenfassung - Folgendes richtet der Schnee in New York an:

1. Touris rennen barfuß aus dem Hotel und werfen Schneebälle
2. Unzählige gigantische Räumfahrzeuge fahren emsig umher
3. Ansonsten sind kaum noch Leute unterwegs
4. Es landet mehr Salz auf den Wegen als im Essen
5. Die Fußgängerüberwege verwandeln sich in ganze Badeseen
6. Es kommt einfach mal KEINER ins Büro

Typisch
Amerika

Union Square Park – auch nachts eine Attraktion

Schau londinische Fenster!

GRAB YOUR
CUSTOMERS
BY THE
BALLS

Velorution

London Eye von oben

Bärlin

Os lonenswerter Trip

Coffees by day
COCKTAILS
OPEN 24 HOURS
BeCoolClub

Ein Gespräch unter vier Augen... auf polnisch

Richtig, ich spreche kein Wort polnisch - nicht ein einziges. Die paar Sätze russisch, die man mir als Teenager beigebracht hat, helfen da auch nicht wirklich weiter (danke an Irina an dieser Stelle, dass sie mir „Notfallrussisch“ beigebrach hat):

- Ich will rauchen
- Ich will saufen
- Ich brauch ‚nen Eimer
- Ich liebe dich
- Gute Nacht

Hm, in der Reihenfolge klingen sie irgendwie seltsam. Egal…

Also Steffie kommt in Breslau an - übrigens mit starken Kopfschmerzen, aber das Leben ist halt nichts für Weicheier - und sucht sich ein paar Ziele in Fußreichweite, die eine Besichtigung wert sind: Botanischer Garten, Dom und haufenweise Museen hier. Klingt doch gut!

Ziel Nummer 1: Botanischer Garten - Entfernung 30 min, passt. Steffie stiefelt los, wie immer Millionen Fotos machend. Unterwegs schau ich kurz in eine Kathedrale rein. Sehr viel… ähm… bodenständiger als die, die ich so aus Deutschland, Italien oder auch Russland kenne. Im Grunde kein Schmuck und nur einfache Holzstühle. Dafür gab es einen freundlichen Türsteher.

Insgesamt krasse Gegend. Voller Gegensätze. Luxusgebäude grenzen direkt an baufällige von Rissen durchzogene, mit Graffiti übersähte Häuser. Trotzdem gibt's einige sehr schöne Stellen. Siehe Fotos ein paar Kapitel weiter. Nach etwas mehr als 30 Minuten komme ich am botanischen Garten an.

Kassenhäuschen sieht geschlossen aus, Leute sind aber noch im Garten. Also geh ich einfach rein. Da drückt die freundliche Dame im Kassenhäuschen – die ich in dem finsteren Kabuff tatsächlich nicht gesehen hatte - höflich den Alarmknopf und (ungelogen) eine Sirene heult los. Yeah... guten Eindruck hinterlassen... voll meine Stärke!

Ich also zurück. Natürlich erstmal entschuldigen. Nicht gesehen und so. Die Dame quatscht mich auf Polnisch an: "pschzwsksi zwrscd pclscrw" oder so ähnlich. Ich sage "sorry?". Sie wieder: "pschzwsksi zwrscd pclscrw". Ich: "English?". Sie sehr verständnisvoll: "No!" und legt mir ‚ne Eintrittskarte mit ‚nem Preis in Sloty hin. Ich überlege kurz, ob sie wohl Kartenzahlung nimmt, entscheide mich für 'nein' und frage in meinem besten polnisch: "Euro?" Die Antwort war "pschzwsksi zwrscd pclscrw" – glaub ich – und ein entschlossenes deuten auf den Sloty-Preis inklusive eines energetisch sanften Abstempelns einer Karty äh… Karte. Ich baue mein polnisch aus und zeige ihr ein 2 Euro Stück worauf hin sie wieder auf die Sloty-Angabe zeigt und irgendetwas auf Polnisch sagt, was ich diesmal allerdings nicht verstanden habe.

Ich, inzwischen ein winziges bisschen genervt, dass ich wegen umgerechnet eines Euros nicht hineindarf, erwidere ich ihre Freundlichkeit indem ich mich mit einem herzlichen "Mein Gott, dann eben nicht" verabschiede.

Kurz sammeln und nächstes Ziel ins Navi eingeben: Der Dom. 20 Minuten Entfernung, ich watschel los. Echt warmer Tag heute. Unterwegs begegnen mir Leute mit einem Eis. Während ich die Alternativen durchgehe: mit Karte zahlen? Euro anbieten? Jemandem das Eis wegreißen und losrennen... sehe ich die Schlange vor einer Eisdiele, die gefühlt die ganze Straße entlang geht und entscheide mich für Variante D und gehe einfach weiter. Ca. 5 Minuten vor dem Ziel meldet mir mein Navi: Der Dom hat eventuell geschlossen, wenn Sie ankommen. Öffnungszeiten: 10-16 Uhr. Es ist bereits 17 Uhr. Ich, heilfroh, dass mich Google warnt, kurz bevor ich ankomme.... stellt euch vor, es hätte mich gewarnt, bevor ich loslief (als es im Übrigen auch schon nach 16 Uhr war)!

Ich setze mich also auf eine Bank direkt an der Oder, also dem Fluss, genieße ein wenig die Flussluft (und die des überquellenden Mülleimers direkt neben mir), schaue den Vogis zu, wie sie wertvolle Reste darin suchen und entspanne mich.

Was kann ich noch anschauen? Die Museen werden auch schon alle geschlossen haben. Inzwischen führen meine Kopfschmerzen intensive Gespräche mit der Müdigkeit, die sich in mir ausbreitet. Ich beschließe also gemütlich zurück zu gehen und einfach die Gegend noch ein bisschen zu genießen.

Die spinnen die Römer

MERDA

Ams terdamt

Amsterdam Cemtraal Station – für mich der schönste Bahnhof

Ein Tag, der Seinesgleichen sucht
oder der amerikanische Traum

Steffie ist mal wieder in New York. Das bedeutet, es gibt wieder GESCHICHTEN...

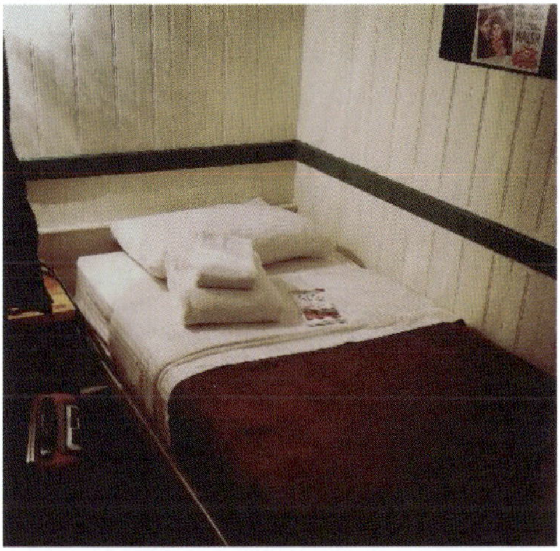

Kurze Erklärung zum Einstieg: Mein aktueller Besuch in New York begann mit einem Hostel-Aufenthalt, bei dem die Zimmer "Cabins" hießen. Bei der Einweisung erfährt man, dass man Musik nur mit Ohrstöpseln hören darf. Warum? Ich will's mal so sagen: Morgens um 6 hat es das Mädel in der Nachbar-Kabine gewagt, ein Telefonat zu führen, was mit einem freundlichen "Shut up" kommentiert und ein, zwei Sätze später mit einem dezenten "Fuck you" unterstrichen wurde. Ich dachte: Na die hat aber ‚ne freundliche Reisebegleitung dabei... naja, ist wohl noch müde. Kurze Zeit später stand allerdings die Tür der Kabine offen und ich sah, dass sie ebenfalls nur für eine Person ausgelegt war. Die sympathische Stimme kam wohl aus der nächsten Parzelle.

Aber zurück zum eigentlichen Tag, dem Sonntag. Ich checke morgens aus und hinterlege mein Gepäck, damit ich es nach meiner Touri-Tour abholen kann. Halb acht tiger ich los Richtung Küste, um zur Freiheitsstatue zu schippern. Ihr wisst ja, ich gehe gerne zu Fuß, da man so am meisten von der Gegend sieht. Unterwegs komme ich u.a. in Chinatown vorbei. Ich dachte das wäre ein Mythos aber dort ist es tatsächlich genau wie man sich erzählt: Ein Laden / Restaurant neben dem anderen und ALLES auf Chinesisch. Wenn du ganz viel Glück hast und Ostern auf Weihnachten fällt, steht da auch mal was in Englisch. Außerdem viiieeele Menschen auf den Straßen, sogar um die Uhrzeit, als die restliche Stadt noch im Tiefschlaf liegt. Unter all diesen Menschen war ich die einzige Nicht-Asiatin! Ach so fühlt sich das an, die "falsche"... ach lassen wir das.

Nach einiger Suche schaffe ich es, den Bauernfängern für die sündhaft teure Fähre zu entgehen und finde die kostenfreie, die immerhin nahe an der Statue vorbeifährt. Ich schieße meine Fotos und komme auf Staten Island an - wo ich eigentlich gar nicht sein will. Dennoch muss ich wie alle anderen die Fähre verlassen. Wie viele andere auch, gehe ich aus der Ankunftshalle gleich wieder in die Abfahrtshalle, wo sich nach kurzer Wartezeit die Tore öffnen und die Meute wieder an Bord derselben Fähre strömt.

Der Tag läuft richtig gut, auch die nächsten beiden Attraktionen, die ich nach einem gemütlichen Frühstück aufsuche, sind kostenfrei: Das National Museum of Amercian Idians und das 911 Memorial. Dann, inzwischen 14 Uhr, gehe ich zurück zum Hostel und hole mein Gepäck.

Es warten 45 Minuten Fußmarsch mit Rollkoffer und Laptop-Tasche. Übrigens sind die Straßen und Wege in NY um einiges schlechter geteert als wir das in Deutschland kennen. Selbst einen Rollkoffer zu ziehen ist dort also deutlich anstrengender... Irgendwann komme ich also am neuen Hotel an - nach inzwischen ca. 25 km an diesem Tag und gut 20 am vorherigen. Meine Füße bringen mich um und ich bin tot müde. So fühlt wohl auch der nette junge Mann, der von zwei anderen Männern direkt vor der Tür meines neuen Hotels auf den Beinen gehalten wird... ach und auch der direkt daneben, der auf dem Gehweg lehnt/liegt... und bei den anderen ist zumindest die Zunge müde, denn sie lallen ordentlich. Ok, ist wohl ein Jugendhotel. Ich erinnere mich,

ich hatte ein Bezahlbares ausgesucht weil ich meinem Arbeitgeber keine 250€/pro Nacht zumuten wollte.

Eingecheckt und rauf ins Zimmer. Ich freue mich! Sieht gar nicht mal schlecht aus. Klein, aber modern und sauber. Ich bin wirklich hundemüde und will mich erstmal hinlegen. Schädelweh habe ich auch, also erstmal Wärmflasche machen. Wieder runter an die Rezeption und nach heißem Wasser für die Wärmflasche fragen? Nee kein Bock. Ich will also zumindest heißes Wasser aus dem Hahn nehmen.

Komisch, nur ein Regler und der ist natürlich kalt. Kurzer Blick zur Dusche, ebenfalls nur ein Regler. Das kann doch nicht ebenfalls nur kaltes Wasser sein... neeeeee. Das ist bestimmt einfach auf lauwarm eingestellt. Wo gibt es denn Hotels mit ausschließlich kaltem Wasser mitten in der Großstadt?? Langsam mach ich mir Sorgen, bin aber immer noch fix und alle und leg mich erstmal hin. Ne Stunde gedöst und wieder aufstehen.

Die Duschsituation im Hostel war jetzt auch nicht die Beste, daher hatte ich es ein wenig hinausgezögert. Fazit: jetzt muss dringend eine Dusche her. Äh ja, das Wasser ist wirklich nur kalt... also richtig kalt... so kalt, dass man sich die Eiswürfel sparen könnte, wenn man es trinken wollen würde, was bei dem Chlorgehalt nicht die beste Idee ist. Egal, Augen zu und durch! Nach den einstündigen Radtouren in die Arbeit hatte ich ja auch immer kalt im Büro geduscht: Duschen, empfindlichste Haut der Welt einschmieren und wieder anziehen in unter 10 Minuten...

läuft! Wild entschlossen stelle ich mich also auch diesmal der Herausforderung. Das Blöde: ich muss unbedingt auch Haare waschen und zwar mit Conditioner, denn sonst sind die Haare so trocken und elektrisiert, dass ich aus der Luft Strom erzeugen könnte. Also zwei Waschgänge.

Ok, duschen ist kein Problem: Nass machen, einseifen, abduschen, fertig. Als ich zu den Haaren komme, wird's akrobatisch. Der Duschkopf ist übrigens fix an der Decke angebracht, also nix schwenkbar. Egal, ich - Schlangen ähnlich - schaffe es tatsächlich, dass ausschließlich die Haare nass werden. Ratzfatz eingeschäumt und schon heißt es Schaum wieder raus, was allerdings nicht so einfach ist, wenn man eigentlich möglichst wenig nass werden will. Also halt ich den Kopf 2-3 Minuten richtig unter das A...kalte Wasser. Irgendwann fängt's tatsächlich an, weh zu tun, und zwar gscheid! Ich mach also ‚ne Pause, fasse mir an die Haare und natürlich noch haufenweise Schaum übrig. Also noch mal. Hat nicht mal irgendwer gesagt: Wer schön sein will, muss leiden? Leute das ist sowas von wahr!!!

Ok, Schaum ist raus. Runde zwei: Conditioner. Muss ich wirklich? Ich diskutiere mit mir. Fazit: Ich gewinne. Ja, ich muss. Selbes Spiel: so lang bis es weh tut, warten bis der Schmerz nachlässt und noch mal. Irgendwann habe ich es überstanden und wisst ihr was? Mir ist warm. Da hat der Körper wohl die interne Heizung aktiviert...

Nach Haare föhnen etc. suche ich nach einem passenden Restaurant. Ein Steakhaus ist schnell gefunden. Fotos sehen sehr lecker aus, Bewertungen gut und gleich um die Ecke. Nix wie hin. Im Eingangsbereich merk ich schon, es sieht recht exklusiv aus. Der etwas junge aber dennoch sehr seriös gekleidete Mann, der mit seinem Ohrstöpsel wie vom Secret Service wirkt, bringt mich zu meinem Platz und verwickelt mich in ein Gespräch über meinen heutigen Tag. Warum nuscheln eigentlich alle New Yorker?

Und dann kommt Ashley. Ashley ist meine heutige Bedienung und zwar nur MEINE. Sie gibt mir die Karte. Ein Steak 50$... hui teuer! Ich überlege zu gehen, ringe 5 Minuten mit mir. Mein Tisch befindet sich allerdings im tiefsten Innenleben des Restaurants. Davon stehlen is‘ nich‘. Ich bleibe. Denke mir, einmal kann ich mir das schon leisten. Werde dann halt die anderen Tage sparen. Flux das Steak bestellt. Natürlich ist bei dem Preis keine Beilage dabei. Also noch einen Salat dazu und weil's jetzt auch schon egal ist, noch ein Glas Rotwein. Steak kommt, sieht so aus und schmeckt wie frisch vom Grill. Soweit so gut. Allerdings etwas trocken ohne Soße. Ich bestelle also noch nen Minipot Steaksoße.

Während ich alle 5 Minuten von der Seite angegrinst werde, ob noch alles ok ist, versuche ich ungestört mein Steak zu essen. Hm, irgendwie ist mir das hier zu viel Service und wenn ich ganz ehrlich bin, das Steak war gut, aber ich habe auch schon ein besseres gegessen, und zwar für ca. 15 Euro in Fürstenfeldbruck. Leider weiß ich den Namen des Lokals nicht mehr.

Noch während ich esse, überschlage ich die Gesamtkosten. Außer des Steaks stand nichts von dem, was ich bestellt habe auf der Karte also habe ich keine Ahnung von den Preisen. Ich rechne mal so mit 80-85€ und mein Herz blutet bereits beim Gedanken daran. Wieder sehe ich mich kurz nach einem Fluchtweg um, entsinne mich aber eines Besseren. Todesmutig bestelle ich die Rechnung. Ich hatte Recht, 89 Euro. Als ich mit Karte zahlen möchte, sind es plötzlich 96 Euro - mit Steuern. Die hatte ich wohl übersehen. Trinkgeld muss ich ja auch noch geben. Ich runde auf 100 auf und schnurstracks zurück in mein Budget-Hotel. Ist das der amerikanische Traum?

Blick vom Empire State Building

Bowery

to punch

Imbress…lau

Frei wie ein Vogel

Kranich oder gar nich

10 Tage aus dem Leben eines Pechvogels

„Die Rücksichtsvolle Fahrschule“

Eines Donnerstagabends fährt Steffie gut gelaunt mit Adam von der Arbeit nach Hause. Wer Steffie kennt, weiß, sie fährt gerne flott. Nun begegnet ihr auf schier endlos gerader Strecke ein seeeeehr langsam fahrendes Fahrzeug. Es fuhr kaum 30 wo 50 erlaubt waren. Kein Gegenverkehr weit und breit.

Steffie setzt zum Überholen an. Im selben Moment, in dem sie nahe genug dran ist um den Slogan "die rücksichtsvolle Fahrschule" (Slogan aus Anonymitätsgründen leicht abgeändert) lesen zu können, scheint der Fahrschüler nervös zu werden und zieht plötzlich in die Mitte der Straße. Was passiert wenn ein Fahrzeug auf relativ schmaler Fahrbahn seine Ideallinie in der Mitte sieht? Richtig: Es ist nicht mehr genug Platz für beide Fahrzeuge.

Steffie muss also ausweichen wenn sie keinen Zusammenstoß erleben will.... also mit 60 über den erhöhten Bordstein der einen ebenfalls tiefer gelegenen Fußweg abtrennt und gezwungenermaßen ein paar Meter später wieder zurück. Hat übrigens ordentlich gerummst.

Keine 10 Sekunden später geht die Warnlampe an: Druckverlust und zwar ordentlich. Nach nicht mal einer Minute war mindestens ein Reifen leer.

Zum Glück kam direkt danach ein Parkplatz. Also rechts ran. Was macht die Fahrschule? Fährt seelenruhig am liegengebliebenen Fahrzeug vorbei... ganz rücksichtsvoll eben.

Noch etwas unter Schock ob des Beinahe-Unfalls, tastet Steffie vorsichtig alle Reifen ab. Ok, einer ist restlos platt. Obwohl ein sich zufällig ebenfalls vor Ort befindlicher sehr hilfsbereiter Mann zur Seite stand um das Reifen-Reparatur-Set auszuprobieren, war nichts zu machen. Was man von außen nicht sehen konnte, sich aber später herausstellte: die Felge war innen um mehr als einen Zentimeter eingedrückt. Kein Wunder also, das keine Luft drinblieb.

Also den ADAC angerufen. Es kann 2 Stunden dauern heißt es. Ok... das ist abwartbar. Um ca. 19 Uhr dann der Rückruf: es wird sicher bis 23 Uhr dauern. WTF?? Also für heute gecancelt und dafür für den nächsten Tag zu einem fix vereinbarten Zeitpunkt bestellt.

10 Minuten später steht ein nicht gelber aber in diesem Moment dennoch Engel parat, um Steffie nach Hause zu bringen. Danke nochmals an dieser Stelle.

Da für den nächsten Tage bereits ein Banktermin vereinbart war, musste nun endgültig Urlaub eingereicht werden. Also in der Früh abgeklärt, ob die Stamm-Werkstatt den Reifen vorrätig hat und sich nach dem Banktermin dort hinschleppen lassen.

Dort angekommen gibt es gute Nachrichten: der passende Reifen ist doch nicht da. Hm... blöd... eigentlich war der Plan auf das Auto zu warten, währenddessen 2 Stunden zu arbeiten und dann gemütlich zum Autohaus zu fahren, denn eine Probefahrt für den neuen Adam stand ja auch noch an. Um den nun eingereichten freien Tag optimal zu nutzen (theoretisch jedenfalls) wurde gleich eine Reihe von Terminen anberaumt… und so leicht wird noch nicht aufgegeben. Das Autohaus war zu Fuß etwa 45 min entfernt und der Termin in 3-4 Stunden.

Also neuer Plan: zu Fuß rüber und unterwegs zum Mittagessen einkehren. Gesagt - getan. An dieser Stelle fasse ich mich mal kurz.

Zum Glück war ohnehin geplant, dass noch jemand zur Probefahrt mitkommt, denn bis es so weit war, beschloss Steffies linkes Auge die Pollenbelastung als zu hoch einzustufen, lief rot an und weigerte sich, zu funktionieren.

Der hartnäckigen Glückssträhne gedanklich den Stinkefinger zeigend ist ein weiterer spontaner Beschluss fällig: Einäugig eine Probefahrt zu bestreiten erscheint dabei nicht als die klügste Option. Steffie ist daher nur Beifahrer bei der Probefahrt, was allerdings halb so wild war, da der einzige Zweck dieser Probefahrt gut erfüllt wurde: Prüfen ob die 150 PS gegenüber dem alten 100 PS Adam wirklich spürbar sind. Oh jaaaaa...! :)

Ein Besuch des nicht gelben Engels rundete einen gelungenen Tag ab.

Neuer Tag neues Glück. Sagt man. War dann auch so ähnlich. Bereits morgens stellen sich Bauchschmerzen und ungewöhnlich große Müdigkeit ein. Gegen Mittag war dann klar: Olé olé Blasenentzündung!

Der Müdigkeit sei Dank war der Tag mit zwei ultralangen Schlafphasen ratz fatz überstanden und am nächsten Tag schien auch die Blasenentzündung vorüber. Wow, das ging ja schnell! Uuuund ein klarer Fall von denkste!

Nachdem am Sonntag alles gut schien, entschied Steffie, die Nordicstour durch Schweden, Norwegen und Finnland am nächsten Tag wie geplant anzutreten. Also wie immer Montag früh mit dem ersten Flieger nach Stockholm.

Mittags dann wie gewohnt zum Coop und nen Salat usw gekauft... ähm versucht zu kaufen. Nachdem 2 Wochen zuvor in Helsinki alle Karten abhandengekommen waren, waren nun beiden Karten neu. Kreditkarte - jetzt auch mit PIN - sagt PIN falsch. EC-Karte... selbes Ergebnis. Also zurück ins Büro und den Chef gebeten, mitzukommen um die Einkäufe zu zahlen. Wie peinlich ist das denn?

Naja schwamm drüber. Nach mehreren Telefonaten mit meiner beeindruckend hilfsbereiten Bankberaterin (das meine ich ernst!) und Rennerei mit Blasenentzündung zur nahegelegenen Bank ist klar, der restliche Trip wird ohne Geld stattfinden. Wir sprechen hier von einem Trip durch drei Länder. Nach kurzer Verhandlungsphase mit der Panik zeigte sich diese glücklicherweise schnell einsichtig, sich noch ein paar Tage frei zu nehmen.

Ihr habt ja keine Ahnung, wie weit man ohne Geld kommen kann. Fairerweise muss man sagen, dass Hotels und Flugtickets bereits gebucht und bezahlt waren, die Zugtickets per Handy bezahlt werden konnten und in den Büros Obst und Müsli ohne Ende zur Verfügung standen.

Aber zurück zur gegenwärtigen Situation. Mit jeder verstreichenden Stunde wurde deutlicher, die Blasenentzündung hatte lediglich an einem Comeback Plan gefeilt… mit Erfolg. Wie ihr vermutlich wisst, zeichnet sich das vor allem dadurch aus, dass du schier jede Minute auf die Toilette rennen könntest und dabei auch noch unsägliche Schmerzen hast. Gegen 18 Uhr (Feierabend) war es so extrem, dass die gerade einmal 5 Minuten Fußmarsch zum Hotel eine Eeeewigkeit zu dauern schienen. Den Check-in noch schnell hinter sich gebracht und rauf ins Zimmer gerannt.... und zwar wirklich gerannt. Gerade noch rechtzeitig!

Einem Paradoxon in nichts nachstehend, scheint die Blase keine zwei Sekunden später scheint bereits wieder mit 10 Litern gefüllt zu sein. Unmöglich sagt ihr? Probiert es selbst gerne mal aus. Ein wirklich einmaliges Gefühl.

Glücklicherweise ist die Wärmflasche ohnehin der treuste Begleiter auf allen Reisen und auch diesmal ganz vorne im Beliebtheitsranking. Mit außerordentlichem Verhandlungsgeschick, überzeugte sie zumindest einen Teil des Unwohlseins, sich ein anderes Herrchen zu suchen. Bereits um kurz nach sechs lagen Wärmflasche und Blasenentzündung geschwächte Steffie fix und alle im Bett und schliefen fast 12 Stunden durch.

Siehe da, am nächsten Morgen war die Gefühlslage bereits deutlich besser. Also frohen Mutes ins Büro. Aber zu früh gefreut, je später die Stunde, desto mehr verwandelte sich das kleine Lagerfeuer in der Blase wieder in einen ausgewachsenen Waldbrand. Ausgerechnet abends stand der nächste Flug an. 1 Stunde nach Oslo plus Anfahrt zum Flughafen plus Fahrt ins Hotel.... also insgesamt ca. 3,5 h Stunden mit Wartezeit. Da kommt Freude auf...

Den letzten Flug und dessen Auswirkung auf die Blase noch in bester Erinnerung, beschließt Steffie, während der gesamten Anreise nicht auf das Wundermittel Wärmflasche verzichten zu wollen. Wie das geht trotz mit Flüssigkeit betriebener Wärmequelle? Dazu später mehr.

Insgesamt jedenfalls eine grandiose Idee! So vergingen Flug und anschließende Zugfahrt ratz fatz und auch der Weg ins Hotel - erst ins falsche und dann doch ins richtige - war geschafft bevor die Schmerzen wieder zu groß wurden. Warum hat eine Hotelkette eigentlich 3 Filialen innerhalb eines Radius von nicht mal einem Kilometer??

Wie auch immer, inzwischen erreichte die Krankheiten ihren Höchststand und der Unterleib fühlte sich an, als wolle jemand irgendetwas mit glühendem Eisen herausbrennen. Über das Ergebnis der beinahe minütlichen Sitzungen wollen wir erst gar nicht reden. Also wieder ohne Essen ins Bett. War ja eh keine Kohle da, um was zu kaufen.... glückliche Zufälle und so. Vor dem schlafen gehen dann noch eine glorreiche Idee: Steffie bat die einzige norwegische Kollegin, die sie bereits kannte, ihr Medizin zu besorgen, was diese auch tat. Ein hoch auf Viraja und die Cranberry-Kapseln. Noch schnell nen Ratgeber gelesen, was man mit Blasenentzündung tun und was man lassen sollte: Ah ja, Wärme ist gut - Check! Cranberries helfen - Check! Viel trinken. Klingt absurd aber je mehr die Blase zu tun hat, desto weniger Schmerzen hat man. Check! "Mechanische Reizung" der Blase vermeiden. Äh Schade! Gerade jetzt wäre Steffie unglaublich heiß auf Intimität gewesen!

Die Ratschläge befolgend und Literweise Tee trinkend, ging der Tag relativ gut vorüber. Steffies neue beste Freundin, die Blase verhielt sich einigermaßen ruhig. Doch pünktlich zum Nachmittag fing sie langsam wieder an zu meckern. Nun ratet mal: der nächste Flug stand an. Inzwischen das Wundermittel Wärmflasche anbetend, wird sie noch einmal frisch befüllt, um den Weg zum Flughafen gut zu überstehen. Dort angekommen, möglichst lange gewartet bevor der Securitycheck absolviert wird, der ja nur mit geleerter Wärmflasche erfolgen kann. Solange man ganz stillsitzt, scheint auch der Drang auf die Toilette zu müssen etwas nachzulassen…

Nur noch 30 min bis zum Boarding - ok jetzt muss die Wärmflasche weichen. Also die nächste Toilette gesucht um die Wärmflasche auszuleeren. Wie jetzt, alle befinden sich erst nach dem Securitycheck? Hm blöd dann ab mit den anderthalb Litern in den Mülleimer. Sorry Guys, entweder das oder übers Geländer auf die unten wartenden Fluggäste. Variante eins schien dann doch weniger Ärger in Aussicht zu stellen... Aber die Taktik ging auf, denn die Blase hatte sich wieder etwas beruhigt und auch dieser Flug sowie die anschließende Zugfahrt (SAS sei Dank mit neuer Wärmflasche) vergingen ratzfatz...

Ratz fatz war leider nichts, was man vom Checkin beim Hotel behaupten kann. Nachdem Google Maps Steffie am Hauptbahnhof einen kurzen Herzschlag-Auffrischer verpasst hatte, indem es behauptete, das Hotel sei 45 Gehminuten entfernt - ihr erinnert euch? Kein Geld, keine Karten, kein Taxi und dafür Aua in der Blase - stellte sich zum Glück schnell heraus, dass der eigene Standort falsch erfasst war. Die Distanz betrug tatsächlich nur 10 Minuten. Zügig dahin und... ratet mal: Was ist schlimmer als um 23:30 Uhr mit Blasenentzündung durch Helsinki zu laufen?

Richtig: Um 23.40 Uhr mit Blasenentzündung vor den verschlossenen Toren des gebuchten Hotels in Helsinki zu stehen! Obwohl eigentlich Sommer, war es inzwischen auch gut frisch. Aber keine Rezeption weit und breit. Freundliche Gäste klären auf: es gibt keine Rezeption. Äh wie bitte? Ja, entweder du hast den Code für die Außentür und dein Zimmer per E-Mail bekommen oder du bleibst draußen.

Also die Notrufnummer des Hotels gewählt. Nach schier einer Ewigkeit bestätigt die Stimme am Telefon: "Isch abe ga keine Buchung Seniorina." Möglicherweise sei das Zimmer nicht bezahlt worden, denn erst danach sei die Buchung fix. Ob denn noch ein Zimmer verfügbar wäre, dass man JETZT bucht? Ein freundliches "no" und gute Wünsche beendeten das Telefonat.

Steffie, die immer noch draußen stand aber inzwischen weder draußen noch stehen wollte, hatte den nächsten Geistesblitz und folgte einfach ein paar Gästen wie selbstverständlich ins Hotel. Dreistigkeit siegt. Immerhin eine Treppe, auf die man sich setzten kann. Sitzend fühlte sich die Blase schon deutlich besser an. Aber außer der Treppe nichts in Reichweite. Alles verriegelt.

Nächster Schritt: Notrufnummer des Buchungsportals. Eine sehr hilfsbereite Dame gibt ihr Bestes, kann aber den Zimmercode nicht herzaubern. Also… was ist schlimmer als nachts um 23:40 Uhr mit Blasenentzündung vor den verschlossenen Toren des gebuchten Hotels in Helsinki zu stehen? Richtig: nachts um 0:15 Uhr mit Blasenentzündung in Helsinki ohne Hotelbuchung dazustehen/sitzen.

Zwei Schritte vorausdenkend, hat die nette Dame allerdings bereits, ohne darum gebeten worden zu sein, nach dem nächstgelegenen Hotel gesucht. Ihre Hilfsbereitschaft sucht wirklich seines Gleichen.

Klaus K der Name des Ersatzhotels. Ein Designhotel. 230€ die Nacht und noch nicht bezahlt. Ihr erinnert euch? Kein Geld, keine Karten. Ach sch... drauf. Bevor sie's merken, ist die Nacht rum und zur Not wird wohl eine sofortige Überweisung per Onlinebanking ok sein. Also dorthin.

Nur 2 Minuten Fußweg. Check-in. Welcome back! Äh what?! Ah ja das Hotel beim letzten Helsinki Besuch gehörte zur selben Kette. Ah... my dear friends... danke für die Zimmerkarte und tschüss! Schnell rauf zum Zimmer, ein schick eingerichtetes Zimmer mit winzigem Bett und... dem Heiligtum schlechthin... einer Toilette! Halleluja!

Der nächste Tag verlief einigermaßen unspektakulär. Die Zahlung per Kredikarte funktionierte, da die PIN bei Hotels nicht abgefragt wird. Die Blasenentzündung besserte sich langsam in kleinen Schritten. Abends wieder etwas schlimmer und abends wieder Flug... diesmal nach Hause. Wird schon irgendwie.

Die Heilung... oder doch nicht?

Inzwischen dauerte die Krankheit schon fast eine Woche. Lest mal nach, alle Ratgeber schreien einen förmlich an, nach 3 Tagen bloß zum Arzt zu gehen, wenn man seine Nieren nicht schädigen will. Also den Kollegen Bescheid gegeben, dass morgen erst Arzt und danach Homeoffice angesagt ist.

Beim Arzt erstma' schön Urinprobe abgeben. Wer noch nie unter Schmerzen in einen kleinen Becher gepinkelt hat, sollte das unbedingt mal tun... ein bereicherndes Erlebnis.

Dann zum Arztgespräch. Was los is' will er wissen. Also kurz die Krankheitsgeschichte erzählt und mit den Worten abgeschlossen: es scheint jetzt schon besser zu sein.

Der Arzt schaut ungläubig und sagt: Frau M. das ist immer noch eine sehr starke Blasenentzündung. Sie haben eine beträchtliche Menge Bl*** und Leuk*** im Urin. (ok das weitere erspar ich euch). Aber zur guten Nachricht: Alle weiteren Organe scheinen noch nicht betroffen. Also Antibiotikum verschrieben und nachdrücklich darauf hingewiesen, dass am Montag eine Kontrolluntersuchung dringend notwendig sei. Also Steffie in die Apotheke und den denkwürdigen Gesamtbetrag von 140 Euro produziert. Inzwischen waren auch ein paar andere Hausmittelchen für das Hautleiden leer... es summiert sich.

Das Wochenende über brav Antibiotikum geschluckt und mit jeder Minute schien die Blase besser zu werden. Ihr habt ja keine Vorstellung wie viel leichter man sich fühlt, wenn man nicht alle 5 Minuten und das auch noch voller Schmerzen aufs Klo muss! Ernsthaft, durch so eine Erfahrung merkt man erst, wie wenig man Schmerzfreiheit und Unabhängigkeit von Einrichtungen wie einer Toilette im alltäglichen Leben wertschätzt.

Doch dann am Sonntag Morgen, öffnet Steffie ihre Augen... ähm nein falsch... versucht Steffie ihre Augen zu öffnen. Ohne Erfolg. Ein Blick in den Spiegel bestätigt, dass die Gestalt, die dort eigentlich mehr zu erahnen als zu sehen war, beinahe komplett zu geschwollene Augen hat. Doch damit nicht genug. Die Haut am ganzen Körper scheint gleichzeitig zu jucken, brennen und beißen. Jackpot! Ein allergischer Schub! ENDLICH mal krank sein... jippieh!

Den Sonntag also irgendwie mit Eisbeuteln und möglichst viel Schlaf verbracht und Montag gleich wieder zum Arzt. War ja eh abgemacht. Wie geht's der Blasenentündung? Jupp weg. Aber wie Sie sehen, sehe ich nichts. Zum Glück gibt's bei diesem Arzt kein Händeschütteln, denn der Griff hätte ins Leere gehen können. Rezept für starkes Antiallergikum geholt und schon wieder zur Apotheke. Lange nicht gesehen, Freunde!

Mit Hilfe von viel Eis, viel Antiallergikum, viel Cortison und zumindest am ersten Tag auch viel Schlaf, wurden alle Symptome schnell besser sodass an Tag 2 bereits etwas HomeOffice und an Tag 3 wieder in die Arbeit gefahren werden konnte.

Und wer jetzt denkt, dass die Glückssträhne hiermit endete, glaubt auch noch an den Weihnachtsmann! Um aus diesem Buch keine Wehklage-Schrift zu machen, beende ich die Geschichte trotzdem an dieser Stelle. In diesem Sinne, gute Nacht!

Die fünf deutlichsten Anzeichen, dass du zu häufig verreist

1. Du sagst in deutschen Hotels "Check in please"
2. Jemand fragt dich "Bist du noch in Finnland?", du antwortest "ja", dann überlegst du und sagst "äh nein, in Norwegen".
3. Du redest mit dir selbst auf Englisch
4. Du wachst im eigenem Bett auf und fragst dich wo du bist
5. Dir fällt auf, dass die Flughäfen Amsterdam Schiphol und London Heathrow dieselbe Ansagestimme verwenden

Wahnsinn Amerika. Wahnsinn New York.

Ich bin mal wieder in NY und mir fällt auf, ich habe eine Weile keine verbalen Reiseeindrücke mehr gepostet. Hier also eine kleine Anekdote zu New York – eine Stadt, in der ich nicht leben möchte. Sie ist furchtbar laut, alles ist einen Tick zu groß und hier sind definitiv zu viele Menschen auf engem Raum für meinen Geschmack. Dafür bin ich anscheinend doch zu sehr Landei…

Aber worin ich mich durchaus verlieben könnte, ist diese unglaubliche Vielfalt. Du läufst über den Union Square – der nebenbei bemerkt echt winzig ist, wenn man an die Theresienwiese gewöhnt ist – und erhältst auf ein paar Metern schier unendlich viele Eindrücke:

- Da probieren und trainieren die Hullahupp-„Akrobaten“ direkt nehmen den Skatern.
- Eine Gruppe indisch aussehender Jugendlicher macht ein Selfie direkt neben einer Gruppe sich angeregt unterhaltend asiatisch aussehender Erwachsener.
- Ein paar Meter weiter singen dunkelhäutige Mädels im Gospelstil direkt neben den verschiedensten Jugendcliquen.
- Ganze Familien sitzen hier mit Kindern von klein bis groß und unterhalten sich.
- Andere scheinen sich zum Schachspielen verabredet zu haben inklusive Zuschauer.
- Daneben macht eine Gruppe afrikanische Musik mit Hilfe von Trommeln.
- Künstler verkaufen ihre Bilder und spielen gleich noch ein bisschen Musik dazu.
- Noch ein Stückchen weiter bieten Akteure Stand-up Entertainment indem sie das Publikum aneinanderbinden.
- Und und und… Ich bin noch nicht einmal über den ganzen Union Square gelaufen!

Hast du je einen amerikanischen Film gesehen? Natürlich hast du. Ich dachte immer das sei alles maßlos übertrieben. Verzerrte Realität und so. Nein. Es ist alles wahr und zwar bis ins kleinste Detail.
Wahnsinn Amerika. Wahnsinn New York.

Vom Finden und Verlieren der Pechsträhne

Warum ich so lange keine Pannen-Geschichte mehr gepostet habe? Naja, nach sage und schreibe 12 Monaten, in denen ich mich zeitweise fragte, "Bin ich Stan Laurel, Mr. Bean oder einfach der größte Pechvogel der Welt?", hat mein Jahr der Pleiten, Pech und Pannen tatsächlich ein Ende gefunden.
Ihr wollt Beweise? Ok nehmt das! Zunächst eine kleine Zusammenfassung, was mir so alles passiert ist: (anonymisiert und teilweise verfremdet zum Schutz eventueller Beteiligter)
Alles fing im Oktober 2016 an. Von da an geschah jede Woche irgendetwas in der Größenordnung kleinere bis mittlere Katastrophe. Der Informationsfülle wegen liste ich hier allerdings keine 52 Vorfälle.

1.

Ich musste das negativste Telefonat meiner gesamten Lebzeit führen und nur um sicherzugehen, dass ich mir den Moment merke, fuhr ich währenddessen durch einen Blitzer, woraufhin mir prompt ein Erinnerungsfoto zugesendet wurde.

2.

Ich war extra in NY um gemeinsam mit Kollegen an einem Projekt zu arbeiten. Dummerweise bei starkem Schneefall sodass ich zwar - durch jede einzelne oberflächlich nicht erkennbare Schmelzwasser-Pfütze stiefelnd - im Büro ankam, aber irgendwie die einzige war, die den Wagemut aufbrachte, sich soweit vorzukämpfen

3.

Ich buchte (noch Reise unerfahren) ein "Budget Hotel" in New York, das sich mit dem Slogan "taking away the unneccessary" rühmte. Unneccessary war übrigens warmes Wasser. Wer jetzt sagt "Ach kalt duschen krieg ich hin", kann sich herzlich eingeladen fühlen, 15 Minuten lang unter stetig kälter werdendem Wasser die Haare zu waschen, denn so lange dauert es, bis der Schaum wieder aus langen Haaren weicht.

4.

... um die Ankunft in diesem Hotel gebührend zu feiern, landete ich versehentlich in einem von Google empfohlenen Restaurant, das mir ein Steak, welches auf einer Seite Schuhsohle und auf der anderen roh gegrillt war, für spottbillige 100$ verkaufte.

5.

Ich wurde von einer Fahrschule von der Straße abgedrängt als ich versuchte, das nicht mal 30 fahrende Fahrzeug in ‚ner 50er Zone zu überholen, musste deshalb über einen üblen Bordstein, der meine Felge mit einer 1 cm Kerbe signierte und dafür sorgte, dass mein Adam und ich liegen blieben, während der Fahrschüler und sein Lehrer unbeindruckt weiterfuhren. Die Fahrschule hieß übrigens irgendwas mit rücksichtsvoll fahren' oder so.

6.

Ich hatte zwei üble Blasenentzündungen, die erste völlig überraschend da ich sowas eigentlich noch nie richtig erlebt hatte und dann auch noch mitten auf einer meiner Nordics Touren. Wenn jemand von euch plant, eine App rauszubringen, in der die Entfernung zur nächsten Toilette angezeigt wird, den ersten Sponsor habt ihr!

7.

Ich stand eines Abends (immer noch mit Blasenentzündung) um 23:30 Uhr trotz Buchung vor verschlossener Hoteltür. Verschlossen weil es keine Rezeption gab und ich meinen Türcode per Email hätte bekommen sollen, was nicht der Fall war, da sie den Code prinzipiell erst nach Bezahlung verschicken und das verwendete Buchungsportal prinzipiell erst nach dem Aufenthalt bezahlt. Ein Hoch auf Prinzipien!

8.

Ich wurde auf einer Veranstaltung mit ausschließlich geladenen Gästen um all meine Karten erleichtert - Ausweis, Kredit- und EC-Karte, Führerschein... um nur einige zu nennen. Die Veranstaltung war übrigens in Finnland. Ich befand mich also ohne gültiges Ausweisdokument im Ausland. Dreist wie ich bin, bin ich dann halt ohne Ausweis nach Hause geflogen.

9.

Ich flog bald darauf wieder auf eine Nordics Tour, ausgestattet mit nagelneuer EC- und Kreditkarte. Leider enthielt das Infoschreiben, das die Karten begleitete, keine Info, dass ich die Karten zuvor hätte aktivieren müssen. Ihr wärt übrigens erstaunt, wie gut man sich auf einer Geschäftsreise ohne einen Cent durchschlagen kann. Zum Glück kann man heute vieles per App bezahlen und psssst.... nicht den Hotels verraten, was für grandiose Pausenbrote sie haben. ;)

10.

Ich hatte insgesamt über 4 ganze Monate Ärger mit einem Autohaus, das mir mein Traumauto verkaufte. Leider war die Rennsemmel nicht ganz so unfallfrei, wie mir das Autohaus beim Kauf versichert hatte. Es war bereits eine Tür getauscht, die komplette Seite nachlackiert und ein paar kleine Dellen in der Heckklappe belassen. Später streikte auch noch die Elektronik.

11.

Ich fuhr infolge eines kleinen Kräftemessens als Radfahrer mit einem Auto zum ersten Mal in meinem Leben mit dem Krankenwagen ins Krankenhaus. Kostet übrigens 10 Euro. Überraschender fand ich aber noch, dass selbst wenn du als Notfall ankommst, du trotzdem 2 Stunden auf deine Behandlung wartest. Tipp: Wenn du dich im Flur kreidebleich auf den Boden liegst, bekommst du immerhin ,ne Liege.

12.

... mein Fahrrad hatte ich übrigens gerade für 200 € reparieren lassen weil es einmal aus dem Stand umgekippt war (ohne mich drauf wohlgemerkt). Deshalb war mein Gedanke ca. 0,5 Sekunden vor dem Aufprall auf dem Auto: Nicht etwa "ohoh das wird weh tun", sondern "nicht schon wieder eine Radreparatur!" Absurd aber wahr.

13.

Ich wachte insgesamt 3 mal in Folge in der Wohnung meines damals neuen Freundes mit halb zugeschwollenen Augen auf, vermutlich aufgrund der Pflanzen in seiner Wohnung. Zufall? Ich glaube nicht. Ich bin die Pflanzen übrigens losgeworden. Auf die eine oder andere Weise.

14.

Ich bekam eine jobseitige Verbesserung für die ich lange gekämpft hatte zunächst versprochen und dann wieder entzogen... und wieder versprochen... und? na? Richtig! wieder entzogen.

Pechsträhne gefunden! Und wie war das jetzt noch mit dem Verlieren?

Hier ist die Top 3 der Gründe, an denen du merkst, dass du deine Pechsträhne verloren hast:

3.

Du lässt deinen Schlüssel innen an der Wohnungstür stecken während du verdutzt draußen vor der Tür stehst und ungläubig in die Hand schaust, in der der Schlüssel grade noch war, bekommst ihn aber zurück, ohne ein einziges Schloss knacken zu müssen.

2.

Du verlierst deinen Geldbeutel auf einer Touri-Tour und bekommst ihn mit vollständigem Inhalt wieder.

2.

Du lernst den tollsten Mann der Welt kennen und aus einem dir völlig unerfindlichen Grund mag er dich auch noch!

In diesem Sinne alles Gute für euch und solltet ihr mal eine Pechsträhne finden, Augen zu und durch. Das Leben ist eben nichts für Weicheier!

ISBN 978-3-7485-3237-8
www.epubli.de